leykam: *seit 1585*

MICHAEL STAVARIČ & STELLA DREIS

PIEPMATZ
MACHT WALD AUS EUCH

Weltrettdings für Vorangeschrittene

leykam: *Kinderbuch*

IST WALD NICHT VOLL PAPATASTISCH?

Bin ja selbst ganz Wald, immer schon. Flieg schmoof rum, denk dauernd, urdinogeil ein Vogel zu sein. Würd's niemals anders aushecken wollen. Wie ihr mich heißt? Manche von euch nennen mich Waldgärtner, Baumwächter, Buntrockförster, den gescheckerten Dingsbums. Viele auch nur Eichelhäher. Einige wenige Dickvogel und so Zeug ey, passt schon, alles gucci! Ich nenn euch Kopflistige, Menschwesige, Menschkauzige, Zweibeinige, Aufrechtgestaltige, ja sogar Lauchstelzen wenn ich miesig drauf. Hab aber Schwärme von Namenskärtchen im Kopf, die gehen dort nie aus.

RATSCHRATSCHKRRSCHÄ.

Das übrigens ein Lieblingsmelodiechen von mir, zwitscher viele andere Lieblingsmelodiechen freilich auch. Könnt euch ein cheedo Liedlein singen, wo alle Melodiechen hintereinander im Schnabel tanzen.

Denkt bestimmt grad, komischer Vogel. Spricht komisch. Singt komisch.
Am Ende komisch auch denkt. Also: Bin ein Stimmvogel und Grammatik
von Vogelfamilie ganz anders als eurige. Und auch zwischen Vögeln
untereinander krass die Unterschiede. Eulisch sehr unterschiedlich zu
Krähisch, Adlerisch sehr unterschiedlich zu Wildentisch, Sperlingisch
vollkommen unterschiedlich zu Störchisch, und Bussardisch, ey what
the piep. Versteh nie ein Wort, alle Silben Bussardisch klingen abnorm
unverständlich. Wollt Beispiel?

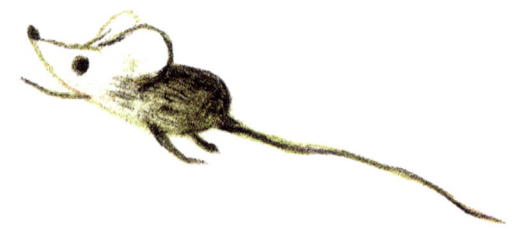

Also lauscht:

BANSS BNENNSSD BMICHD BDEND BDEICHELRDHÄRDER, HIÄHHIÄH!

Versteht ihr niemals?

Ich auch nicht! Vielleicht reden Bussarde komisch, weil Schnabel kaum spaltbreit geöffnet. Die reden kauderwelsch, damit andere nichts aufschnappen. Als ob es was zu schnappen gäb bei Bussardblabla. Palavern über Mäuse immer. Dicke Mäuse. Graue Mäuse. Weiche Mäuse. Langschwanzmäuse. Flauschohrmäuse. Wohlriechmäuse.

Und weiter so. Voll die Larry's.

Wir Gescheckerten
sind schlauische Vögel.

RATSCHRATSCHKRRSCHÄ.

Reden kein Plapperblabla, wollen helfen allen: Felltieren, Federfreundlichen, sogar Aufrechtgestaltigen! Hilfsbereitige wir sind. Lieben Bäume. Lieben Sonne. Lieben Bäche. Lieben Zapfen. Lieben Waldmoos. Und noch ganz viel anderes Zeugs. Bussarde lieben nur Mäuse, aber Mäuse lieben keine Bussarde, da läuft doch was falsch ey?

Voll egal jetzt, geht um viel wichtigere Dinge: Ich erklär euch den Krieg!

Also nicht, dass ihr denkt, dass komischer Vogel euch erklärt, was Krieg ist. Glaub, ihr alle wisst, was Kriegsdings meint. Aufrechtgestaltige den Krieg erfunden und immer gern anderen Kopflistigen beigebracht haben. Alle Menschwesigen der Welt wissen, was man kriegt im Krieg. Tiere wissen das nicht, führen kein Kriegsdings. Na ja, stimmt nicht ganz so, manch dummes Tier macht auch Kriegswiderlichkeiten. Hab das aufgeschnabelt, als ich über ein Radioplärrdings von euch drüberflog.

ZUM BEISPIEL: MENSCHLICHENAFFEN.

Sind wahrscheinlich auch irgendwie Zweibeinige, würden sonst nicht Menschlichenaffen heißen. Und Hornissen erst, voll aggro. Und die Bienen, die Ameisen, ich mein voll die klugen Tiere ey, leben tausendfach zusammen. Bilden Gesellschaftsnester. Krass organisiert und durchgeplant, und dann machen sie so blöde Kriegsanzüglichkeiten. Versteh ich Nüsse. Haben bestimmt alles bei den Menschkauzigen abgeschaut. Sollten also lieber Kopflisthornissen heißen. Und Menschwesbienen. Und Aufrechtameisen. Löwen ziehen Zwistigkeiten auch in die Länge miteinander. Sollten vermutlich Zweibeinlöwen heißen.

RATSCHRATSCHKRRSCHÄ.

Mehr fällt mir grad nicht zu von Tieren, die Krieg machen. Wird schon noch einige geben. Aber Eichelhäher wollen bestimmt nicht machen Krieg, kein Vogel will das. Nicht mal Reizbarbussard.

Und doch muss ich euch Menschkauzigen
eine Kriegserklärung ausstellen.

WARUM, FRAGT IHR?

Ist schnell vorgesungen: Ihr zwar kopflistig
seid, aber dumm. Zerstört den Wald. Zerstört
den Himmel. Zerstört die Blumen. Zerstört die
Schmetterlinge. Zerstört die Bäche. Zerstört
sogar den Schlaf. Mit Baustelligen. Mit Grell-
lichtern. Mit Dummbumm zum Jahreswechsel.
Ihr zerstört gern, was ihr nur zerstören könnt.
Statt Wald überall Häuser. Statt Wald überall
Straßennetze. Statt Wald überall Fernsehan-
tennen. Statt Wald überall McDonalds. Aber
nicht mal Bussard fliegt zu McDonalds und will
dort Mäuseburger würgen.

Ihr wisst, was Eichelhäher üblich so machen? Singen, fliegen, frei sein, fröhlich sein, lecker voll gesund essen, Liebe machen, Bäume umarmen. Und im Winter ist es ja krass kalt und nichts wächst, da machen wir vorher Essensvorrätliches. Vergraben überall Baumfrüchte und Nüsse. Buddeln davon aus, wenn wir hungrig sind. Eichhörnchen verrichten uns alles nach, verbuddeln auch Eicheln von Eichenbäumen in erdige Bodenfläche. Fressen aber immer alles wieder weg. Eichelhäher lassen Eicheln und andere Baumsamige in der Erdfläche kaimanen, wir vergraben genug. Lassen viel aufwachsen zu neuen Bäumen. Zuerst zu Kleinbäumen, dann zu Mittelstandsbäumen und dann zu immer größeren Baumriesigen, und dann zu noch mehr Waldscharen.

RATSCHRATSCHKRRSCHÄ!

Hab ja voll die arge Geschichte gehört,
dass Aufrechtgestaltige glauben, wir vergessen, wo wir was verbuddelt haben.
Dass das mit den Bäumen zufällig passiert.
Also ich vergess nie etwas. Wie sonst sollte
neuer Wald aufwachsen, wenn alle Tiere
alles von Bäumen wegfressen würden?

Gibt so dumme Tiere, freilich, Wildschwei-
ne zum Beispiel. Fressen alles unter einem
Baum weg, was von einem Baum nach
unten fällt. Ist aber nicht mal ihre Schuld.
Gibt einfach zu viele von ihnen, wie
Menschwesige. Und andere Tiere werden zeittäglich weniger.

22

Muss voll was unternehmen, sonst geht das noch lange bergab. Ganz ehrlich, du Menschkauziger, der das alles hier liest-hört, wo soll das hin? Vorschlägischen? Kann dir was pfeifen, wo das endet:

WÄLDER WEG. TIERE WEG. KLIMA WEG. MENSCHWESIGE WEG.

Vielleicht meinst du jetzt: Mach nicht so ein Drama ey, bleib cremig, mach nicht so viel Übertreibung. Mach nicht so fies Miesstimmung gegen uns Menschkauzige. Und dass ihr viele, viele, sehr viele gute Dinglichkeiten tut. Meine Sichtweise: Ich seh das nicht. Und hab echt zwei scharfe Augen und was im Kopfhörer.

Bestimmt meinst du, ich kann gar keinen Krieg zu euch bringen: Kleiner Vogel, lebt im Wald, hat keine Hände, nur Füße, hat viele Federn, kein Rüstzeug, hat nur Schnabel, keine Knarre. Alles das stimmt. Und ich kann es doch! Hab was gefunden im hintersten Wald. Verbuddelt von Aufrechtgestaltigen in erdiger Bodenfläche, wie Eicheln. Gescheckertscharfauge hat alles beobachtet.

Hat das Unwetter aufgemacht, hat der Wind die Erde weggetan, gelbliche Fässer zum Vorschein dann hervorgetaucht, mit Flüssigkeiten drin. Welche Flüssigkeiten ey? Denkst bestimmt, der Vogel voll nicht richtig im Kopf, vielleicht vom Baum gefallen, von ganz oben bis tief nach unten. Das passiert schon manchmal, dass Tiere vom Baum rutschen, klar. Aber nicht mir!

Gut, einmal schon, als ich übel jung war.

RATSCHRATSCHKRRSCHÄ.

Bin aber gegen Baumstamm GEFLOGEN, also nicht runtergefallen, kapisch? War übermütig jung und flog mit geschlossenen Augen, weil das Coolness. Dachte damals, das ist elefantastisch ey, war es nicht. Hatte drei Wochen Dickbeule und ältere Vogelflauschige lachten mich aus.

Bestimmt denkst du, der hat das mit dem Krieg schon wieder vergessen, ist nur ein Piepmatz.

NICHTS HAB ICH VERGESSEN, SAPPERLOTT.

Hab gerochen an Flüssigkeiten. Hat nichts gebracht, roch nach nichts. Hab nachgeschaut, Farbe und so, wellte sich wie Wasser aus. Hab Eichel vom nächsten Baum reingeschmissen, plumps, und später wieder rausgefischt, sah weiter nach normaler Eichel aus. Hab sie also verbuddelt und bin schlafen gegangen. Und voll krass ey am nächsten Morgen die Geschichte.

Flieg ich also wieder hin – und dort, wo das Ding verbuddelt sein sollte, steht ein neuer Baum. Schon primaballerina groß. Viel schneller angewachsen in Erdfläche als sonst. Rasendschneller! Ist förmlich aus der Erdfläche hochgeschossen wie ein Riesenmaulwurfshügelfeuerwerk. Ist weit über der Erdfläche und tanzt mit Sonnenstrahlen. Hat grüne Blätter und so, ist voller Eicheln, megakrass du, oder?

Also zupf ich paar der Eicheln vom neuen Baum ab und verbuddel sie gleich in der Nähe und wart wieder eine Nacht und bummbummtschi.

ALTER LACHS, RATSCHRATSCHKRRSCHÄ!

Überall weitere Neuriesenbäume.

Nichts Mickriges, richtig fette Stämmige. Spechte picken schon fröhlich zwischen der Rinde. Ich frag einen Specht (kann bissi schlecht Spechtisch): Voll der coole Baum ey? Und Specht antwortet, ist höflicher Specht, versucht es auf Eichelhäherisch: Megakrasscoolcremig der Baumbummtsch! Und ich lass ihn wieder picken und denke weiter nach. Willst du wissen, worüber ich nachgedacht und was ich getan hab?

REIM MIR LANGSAM FOLGENDES ZUSAMMEN:

Nimmst die ganzen neuen Eicheln, total unauffällig das alles, bist ja ein Eichelhäher, wird keiner groß fragen, was du damit vorhast. Nimmst also diese Eicheln, fliegst damit zu den Kopfmenschlistigen und lässt überall welche fallen. Oder verbuddelst sie in ihrer Nähe. Ist aber vielleicht gar nicht nötig, das mit dem Buddeldings. Reicht völlig das Fallenliegenlassen. Baum kommt auch so aus der Eichel angaloppiert und gräbt seine Wurzeln in die Erdfläche, oder was immer da ist. Reckt die Äste zur Sonne und tanzt im Licht. Bekommt voll die grünsten Blätter und Früchte im Geästdings.

Und weiter: Flieg damit in eure Straße, die unseren Wald teilt. Die Straße ist Asphaltbeton und so, und ich lass dort alles auf sie niederregenerieren, voll die Arbeit, die ganze Nacht hindurch ey. Sitz müde in einer Baumkrone. Dösschlummer. Denk an meine Mamma, die nicht mehr ist. Und am nächsten Morgen gibt es auch eure Straße nicht mehr.

ÜBERALL BAUMVEGETARISCHE.

Denk mir dann, so, voll gecheckt, kann nun Krieg führen gegen Kopf-
menschlistige, wo immer ich will. Flieg einfach los in der Nacht, verteil
Eicheln, wart, bis überall Bäume explodieren. Baumwurzeln können
Beton zerteilen. Baumwurzeln können Häuserwändischen zerstören.
Baumwurzeln können alles zerhexeln, was ihr gebaut habt.

Voll die gute Idee, denk ich mir jedenfalls.
Überall wieder nur Wälder und Platz für Tiere.
Anständig wie ich erzogen bin, schreibsprech
ich euch natürlich vorher: Ich, der Eichelhäher
soundso, erklär euch den Krieg. Dann könnt
ihr euer wichtiges Zeug noch aus den Hauskäs-
ten schieben. Könnt ja auch im Wald leben, ist
dann alles groß genug. So wie ich das sehe:
Megakrassweit Platz, wenn die ganze Erdfläche nur noch Wald ist.

Wird auch alles kein Kriegswumms wie das eurige, versprochen. Kommt niemand wirklich ins Schädliche. Schmeiß keinem Eicheln in den Mund, wenn er zwischen türkisblauen Trauminseln schläft. Denk sogar, nach ein paar übergänglichen Monatsquartalen wird euch der neue Riesenwald gefallen. Fantastisch gut zum Spielen. Voll total viel zu essen. Riecht gut. Speichert Wasserfälle. Speichert dieses Kohlendings. Macht sauber. Macht glücklich. Macht unhektisch.

UND KEINER MUSS BUSSARDISCH LERNEN, VERSPROCHEN!

DANN DENK ICH WEITER:

Ganze Erdfläche kann nicht Wald werden, muss ja auch Wiesen und so geben. Nicht alle Tiere gebrauchen Bäume. Mach mir also eine Liste:

01. Du machst dort Wald, wo Wald hingehört.

02. Dort, wo Wald nicht hingehört, machst du keinen Wald.

03. Wenn du nicht weißt, ob wo Wald hingehört, fragst du andere Tiere, die da mal gewohnt haben, bevor die Zweibeinigen kamen. Und ob sie überhaupt noch einen Wald brauchen.

Muss ja nichts Zwingliches sein. Vielleicht gibt es längst Tiere, die mal im Wald wohnten und jetzt keinen mehr möchten. Bären zum Beispiel, die leben überall. Im Eis. Im Wald. Im Berghängischen. Können sich's wie Füchse überall einrichten, wie sie es gelüsten. Genauso die Rehe, diese Blümchenkiller.

NA, MENSCHWESIGE, WESSEN VERSPURUNGEN SIND DAS?

Lösung: S. 52-53

Und ihr Menschwesigen lebt dann mit uns im Wald. Ist viel Luft unter den Bäumen. Ist trocken unter den Bäumen, wenn es regnet. Könnt dort gern eure Feuer hinsetzen, ist mir Rille, gibt ja genug Baumwüchsige. Könnt gern Holzhäusernester flechten. Das passt schon. Ihr könnt auch krasswichtiges Menschenzeug in den Wald mitnehmen, weiß nur nicht genau, was das so ist: Aber keine Benzinkutschigen. Nichts, was Lärmiges macht. Nichts, was in der Nacht zu viel Lichtiges streut, bis man nicht schlafen kann. Über die Details können wir später noch verhandeln. Voll der Reihe nach alles ey!

BLOSS NICHT REINSTRESSEN.

In den nächsten Monaten hab ich jedenfalls bombastisch zu tun. Die ganze Fliegerei mit den Eicheln. Und ich muss ja weit herumdüsen, gibt überall Straßen und Städte, Dörfer und Dämme und was weiß ich. Sieht man zum Glück alles von oben. Ist praktisch, dass ich ein Gescheckerter bin. Bär könnte Job nicht machen. Auch wenn man meinen sollte, er könnte. Ihr wisst schon: Ist Großbär. Ist Starkbär. Ist Zahnbär. Hat aber leider keinen solchigen Durchüberblick.

Könnt natürlich auch andere Tiere antippen, ob sie mitmachen wollen. Mach ich vielleicht später irgendwann. Eichhörnchenhorden und so. Will aber keinem zusätzliche Arbeit aufhalsen ey, haben alle voll krass zu tun: Futter suchen. Jungen aufziehen. Und und und. Ich mach mal Krieg vorerst ganz allein mit euch aus.

Aber genug davon jetzt, muss wirklich los. Eicheln holen. Bäume pflanzigen. Losfliegen hin und her. Nichts für ungut, ratschratschkrrschä.

Eines noch ey, weiß ja gar nicht, was für Entgegenkömmlichkeiten man am Ende eines Menschbuchsprechs für gewöhnlich anflickt. Wär urblöd, was Verletzliches anzudeuten. Habs leider nicht besser gewusst. Muss nun aber wirklich an die Arbeit, ist auch zu eurem Bestigen. Bis dahin!

RATSCHRATSCHKRSCHÄ!

WALD

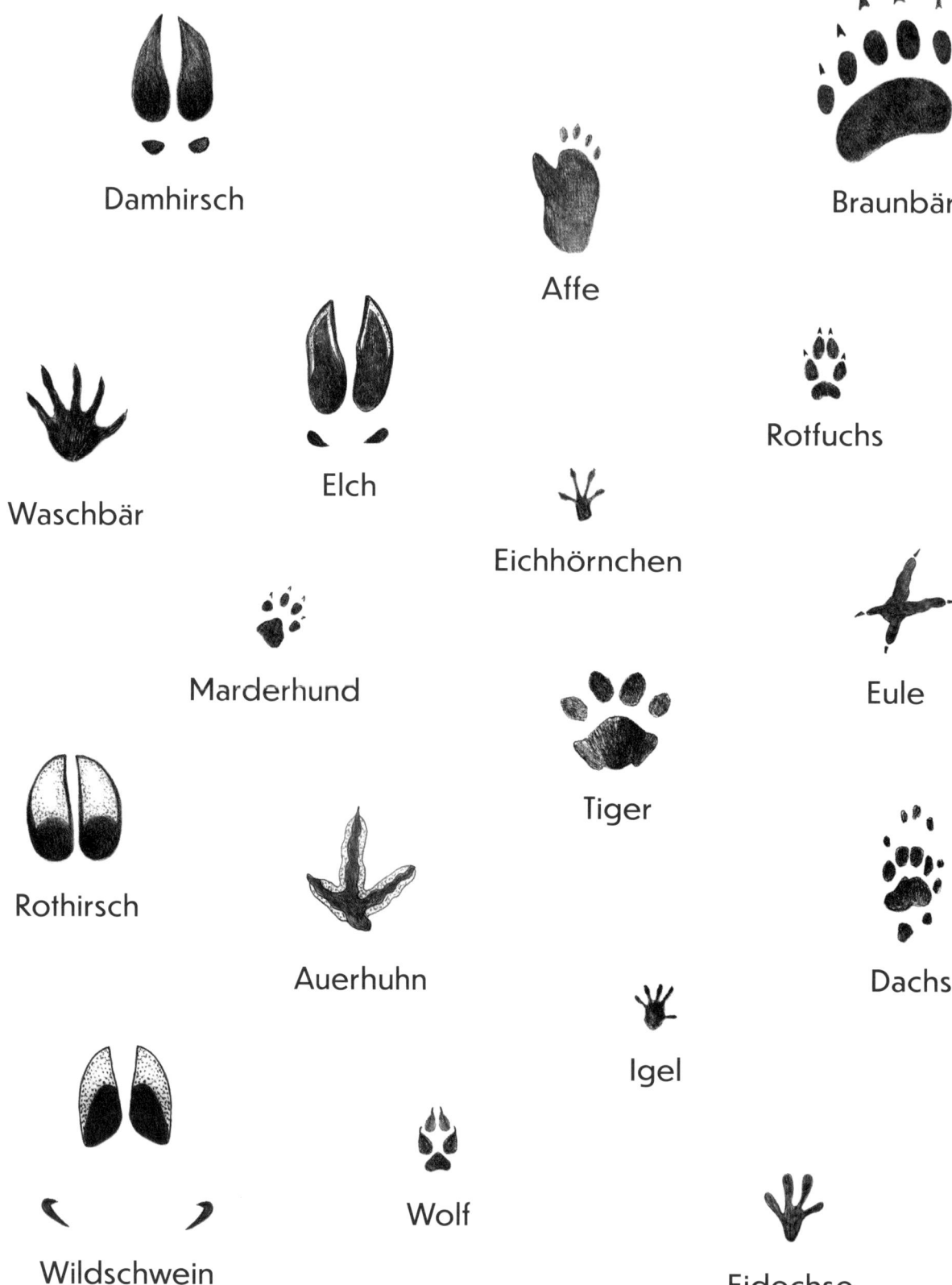

Damhirsch

Affe

Braunbär

Waschbär

Elch

Rotfuchs

Eichhörnchen

Marderhund

Eule

Tiger

Rothirsch

Auerhuhn

Dachs

Igel

Wolf

Wildschwein

Eidechse

KEIN WALD / EGAL / WASSER

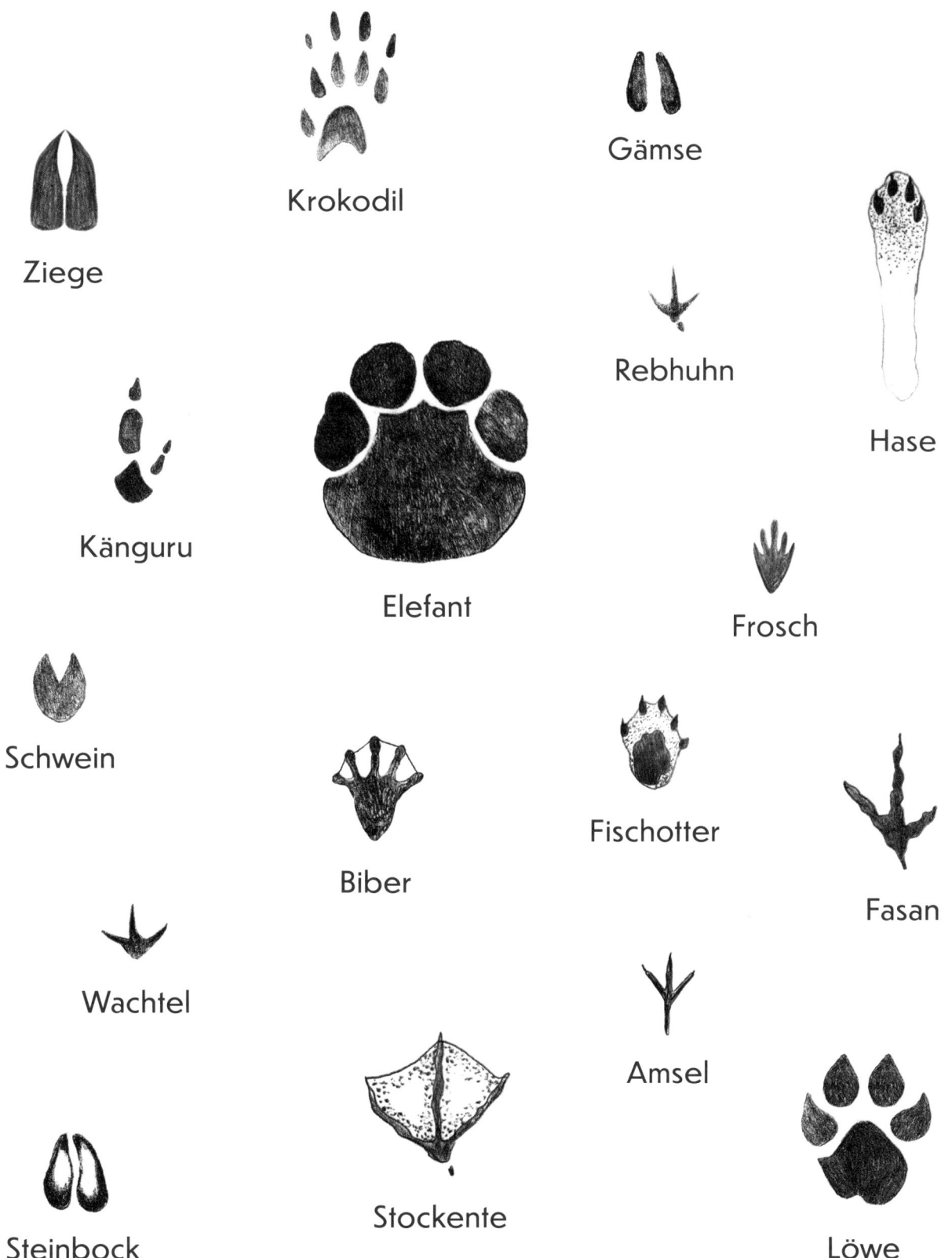

Ziege

Krokodil

Gämse

Känguru

Elefant

Rebhuhn

Hase

Frosch

Schwein

Biber

Fischotter

Fasan

Wachtel

Amsel

Steinbock

Stockente

Löwe

MICHAEL STAVARIČ

geboren 1972 in Brno, lebt als freier Schriftsteller, Übersetzer und Dozent in Wien. Er wäre früher gerne Meeresbiologe geworden, jetzt schreibt er Kinderbücher, Romane, Theaterstücke und Gedichte, interessiert sich aber noch immer für Fauna und Flora. Michael Stavarič wuchs mit der tschechischen Sprache auf, in welcher »les« das Wort für Wald ist. Klingt ja fast wie lies!

STELLA DREIS

geboren 1972 in Plovdiv, Bulgarien, lebt heute als freie Künstlerin und Illustratorin in Heidelberg. Bäume und Vögel faszinieren sie besonders. In Bulgarien, wo Stella herkommt, wurden viele Städte und Dörfer nach Bäumen benannt: Дъбник | Dabnik (Дъб = Dab = Eiche), Върбица | Varbiza (Върба = Varba = Weide), Оряхово | Orjachovo (Орех = Orech = Walnuss), Буковлък | Bukovlak (Бук = Buk = Buche) und viele mehr.

Umschlaggestaltung: Stella Dreis und Christine Fischer
Satz und Typografie: Michèle Ganser
Druck: Florjančič tisk d.o.o
Lektorat: Tanja Raich
Gesamtherstellung: Leykam Buchverlag

www.leykamverlag.at
ISBN 978-3-7011-8242-8

Klimaneutral gedruckt mit freundlicher Unterstützung durch
die Kulturabteilung der Stadt Wien.